차인(茶人)의 향기

석선혜 스님

한국 문인 협회 회원
한국 현대 시인 협회 회원
서울 문학 문인회 회장
한국 차학회 부회장
초의 문화제 집행 위원
前 성신여자대학교 교수
前 중국 절강대학교 방문교수

불교 전통 문화원 석정원 차회 원장
대한 불교 조계종 법륜왕사 주지
반야 다원 대표

🪷 도반의 詩 003

차인(茶人)의 향기

석선혜 詩集 1

도서출판 도반

소회(素懷)*

사십여 년 동안 붓다님 말씀과 다도(茶道) 생활을 가슴 깊숙이 묻고 수행의 길을 걸어 왔다.

그간 글을 쓴 것은 설, 추석, 명절 때나 되어야 고향을 찾아가듯이 살아온 얘기를 띄엄띄엄 써 시로 적어 왔는데 그것이 어느 평론가의 눈에 띄어 문단에 등단하게 되었다. 그 뒤로는 시간이 허락하는 대로 시 문장을 그리어 왔다.

젊은 날의 가시 돋힌 눈길과 비판하는 날카로운 소리가 이제 조금은 누그러진 것 같고 스승님께서 예순 살쯤 되어 책을 편찬하면 후회가 적다고 하신 말씀을 핑계로 부족한 줄 알면서도 첫 시집을 차 얘기로 펴낸다.

시집 '차인의 향기'를 펴내면서 한쪽 세계를 고집하지 않고 자연스러운 문기(文氣)를 내려고 하였다. 이 시집을 세상에 내놓으면 주변에서 애정을 갖고 지켜봐 주던 제현(諸賢)들의 생각에는 씁쓸함이 들 것이라고 생각된다.

욕심을 비우고 비우는 일, 다도 생활로 중정(中正)의 도를 터득한 일들, 사랑, 이별, 기쁨, 슬픔, 즐거움, 고통, 태어남, 죽음까지도 대자연 속에 변화하는 아름다움으로 그리고 싶다.

　졸작 시를 읽고 잠시 차 한 잔 마시는 안식처로 쉬어 갈 수 있으면 큰 보람을 느낄 것이다.

　　　　　　　　　　신묘년 섣달 여드레 성도재일 날

　　　　　　　　　　석선혜 삼가 쓰다.

* 소회(素懷) : 평상시의 생각

차례

차 한 잔의 휴가

흰 구름 머물다 간
산봉우리 아래
늙은 소나무에 에워싸인
외딴 정자 하나

돌솥에서 일어난
산바람 소리—
누각 마루로 야단스러이 달려오면
산빛을 담아 달인 반야차

흰 구름도 띄우고
조약돌도 얹어서
추억 속 그리움에 드리고
먼 길 떠나는 길손에게 드리고…….

차인(茶人)의 향기

꽃샘바람 헤치고
여린 싹을 틔워
연녹빛으로 봄을 열고

여름 볕을 친구하여
뜨겁게 노닐며
푸른잎 지조①를 익혀가고

흰 꽃잎 위에
노오란 황금 꽃술 심어
가을 하늘빛으로 받들더니

산 이슬로 뿌리 곧게 내려
모진 고난 안고 와서
빛깔 향기 기운 맛으로 여물었구나

찻잔에 담긴 진한 활구②로

그— 자취 따라 가려다

돌솥에 찻물 달이는 소리만 듣고 있다.

① 지조(志操) : 차를 군자(君子)나 불기(不器)의 뜻으로 해석하는데
 그 뜻을 변함없이 지키는 행위.
② 활구(活句) : 선(禪)문답할 때 주고 받는 말.

시인의 고민

바쁜 일은
시간을 쪼개어도 모자라고
글을 쓰고 싶은 마음은
봇물로 몰려오는데
간간이 찾아오는 사람들이
훼방꾼이 된다

도시를 떠난 촌락 길에
새들은 정(情)으로 반기고
들꽃은 웃음으로 붙든다
가는 곳마다!
보이는 것마다!
시를 쓰자고 성가시게 한다

낮과 밤을
두근거리는 가슴으로

먹거리를 글로 쓰며
차를 시(詩)로 마시고 싶어
허기진 배가 찾는
토장국밥의 현주소를
까맣게 잊어버렸다.

차 향기로 온 손님

대숲에서 일어난 바람으로
넌지시 건네는
차 한 잔

초겨울 살얼음을 녹이는
미소로 피어나
눈인사를 하고
지난해에 뿌리고 간
알가①의 넋

양지 볕 뜰에 널어놓고
배웅길에서 돌아온 찻자리
차마 거둘 수 없어
비인 찻잔에 흩어진
다심(茶心),

깊은 밤 홀로 지키네.

① 알가(閼伽) : 고대 인도 종교에서 차(茶)를 부르는 용어.
  브라만종교 : 시원(始原) 원초(原初)로 번역함.
  불교 : 묘원(妙原)이라고 하며 집착 없는 바라밀다(無着波羅密多)
  로 번역함. 바라밀다는 이르다, 도달하다의 뜻.

한적한 마을

반야다원 차밭에서
봇재 동네 사람들은
유월 햇볕을 등에 지고
모내기 소리로 들녘을 푸르게 심는다

개 짖는 소리도 잠이 든
텅 비인 마을은
뻐꾸기 소리가 지키고 있는데
솔개 독수리가 맴돌다 날아간 뒤
고요를 알리는 뻐꾸기 소리도 멀어졌다

바람을 몸에 두르고 있던 숲의 나무들도
잠이 든 듯 서있는데
풍로에 찻물 달이는 소리가
비인 마당을 맴돌다가
대청마루에 올라와서

한줄기 차 향기로 피어오른다.

차 한 잔의 이야기

한 올 실 끝도 가리지 않은
가없는 하늘을 담아 놓은
마알간 샘물

솔바람 스쳐 간 뒤안
소복한 백자잔에 담긴
연녹 빛깔로 차려입은 새악시

춘삼월 꽃향기 유혹에도
순박한 속내로만 피어나고픈
빛깔 향기 맛에 엮인 이야기.

고향 친구

반가웁게 만난
어릴 적 고향 친구
산처럼 쌓인 그리운 말로
솔솔 풀어 달인
차 한 잔 사이에 두고
해가 지고 달이 기울도록
고향으로 돌아가
한 둥우리에 앉았네.

회상 1

산허리 베고 누우니
드높이에
구름에 실려 가는
옛일
차 한 잔 마시는 사이로
손을 내밀고 달려와
안길 것 같은
그― 거리로
밀려 왔다가
쓸려져 가네.

회상 2

산봉우리 너머 높이
티 하나 없는 하늘
가없이 넓고 깊은 골에
망각으로 덮어 두었던
옛 친구들
연녹 빛깔 찻잔 속에 담겨
짓궂은 웃음 흘리며
하느적거리네.

가지지 마라

가지지 마라
사랑을 가지려고 하면
손안에 쥔 모래알처럼 빠져나가고
그가 좋아하는 일을 풀어 주면
떠나려는 마음도 영원 속에 머무나니

가지는 사랑은 시간에 머무는 즐거움이며
끝내 놓지 않으면 돌아올 수 없는 길을 떠나가고
멀지도 가깝지도 않은 아른거리는 거리에서
꿈의 나래를 펴 꽃으로 맺어 가게 하면
찬 얼음으로 굳은 미움도 물처럼 성글게 풀어지나니

가는 사랑을 붙잡지 말고
오는 사랑도 막지 마라
달빛 별빛으로 먼 하늘 속에 열린 문에는
한울 안이라 가지고 버릴 것이 없어
축복을 끝없이 띄워 비나니

즐거웠던 추억을 옛 그림 속에 넣어 두고
새로 맞이한 오늘로 이끌지 마라
기쁨으로 이끌면 애달픈 가슴이 달려오고
슬픔으로 이끌면 번민을 펴는 바다가 열리나니

사랑을 욕심 위에 얹어 쌓으면
갈구(渴求)하는 마음은 끝이 보이지 않아
부평초 같이 들뜬 마음으로
어제의 여린 정 떠나보내고
늘 새로운 환상을 찾아 떠도나니

가지지 마라
마음을 바람결로 풀어서 드리면
하늘이 맑아지는 날 햇볕이 열리듯이
그물에 걸리지 않는 사랑이 돋아나
기쁨에 겨운 웃음빛이 쬐이나니

사랑을 가지려거든
차 한 잔에 담긴 빛깔 향기 맛을 반만 즐기고
비인 반 잔에 참 빛을 채워서
그의 곁에 머물게 하라.

비 오는 날 찻자리

장대비가 내리는 풍경에 나아가
차와 음식을 마련한 마음으로 마주 앉아
형님 아우님으로 정담(情談)을 즐기는데
어느덧 고향 길을 걷고 있다

산새는 큰비를 피하여 마을로 날아오고
불암산 산신령이 안개를 타고
법륜왕사 옥상 한켠으로 내려와서
산 얘기로 바람 구름 비를 들먹인다

찻 자리는 산안개에 실리어
상계① 백척(百尺) 끝에 올라가서
하계②를 내려다보는 신선놀음으로
하루 해가 저물도록 빗물소리 운율에 묻혀 있었다.

① 상계(上界) : 신선들이 사는 선계(仙界)의 세계.
② 하계(下界) : 인간이 사는 세계.

차 한 잔 마시는 여가로 읊는 잠언

이른 아침 길가에 핀 이슬 먹은 야생화는 꽃잎이 열리면서 늘 웃고 있는데 사람들은 오가는 눈빛이 꽂히어 꽃이라 찾아 줘야 웃는다고 한다. 산과 들녘에는 매 철마다 종달새와 뻐꾹새가 날아와 노래를 하고 있는데 고향 두메로 달려가 향수에 젖은 가슴으로 안아 귓대를 세우고 들어야 봄이 오고 여름이 가는 소리가 들린다고 한다.

사람들은 웃음 뒤에 슬픔이 숨어 있는 줄 모르고 누가 슬픈 일을 만들어서 가슴에 복받치는 눈물을 흘리게 한다고 하며, 기쁨이 우리 곁을 떠난 적이 없건만 내 것으로 당겨쓰지 못하고 기쁨은 멀리에 있어 오지 않고 슬픔은 가까이에 있어 손에 잡힌다고 한다.

내가 잘못한 일은 접어 두고 상대의 잘못한 일을 공격하거나 내 잘못을 사과하여 용서를 빌지 않으면 아픈 상처를 덮어두는 것과 같아 일생을 두고 검은 비밀로 남아 어두운 길을 걷게 한다.

불당(佛堂)에 부처님은 늘 엷은 미소를 물어 흘리는데

사람들은 하늘에 맞닿는 정성이 깃들어야 미소를 지어 가피를 내린다고 하며 제 마음속에 욕심을 비우고 악한 마음이 풀려야 기도 성취가 된다는 것을 모른다.

천국에 가고 극락세계에 가는 것은 누가 가르쳐 주는 대로 곁으로만 따라하고 어느 성전 앞에 줄서기를 잘하면 된다고 믿지만 욕심이 없어 늘 베풀고 미워하는 마음이 없어야 행복한 마음이 깃든다. 이승에서 욕심과 미움은 저승까지 따라가기 때문이다.

참사랑은 사랑하는 사람에게 받을 것은 생각하지 않으며, 대자대비는 다른 사람의 즐겁고 슬프고 괴로운 일을 나누어 가진다. 만약 사랑에 미움이 있고 베푼 만큼 받을 것을 생각하면 그 마음은 자기 소유로 가지려고 하는 욕심을 부리는 것이어서 공덕이 없다.

진리(眞理)에 눈을 뜨면 성 안내는 얼굴과 욕심없는 마음이 천상에 태어나게 하고 극락세계에서 사는 것이라는 것을 저절로 알게 된다. 하늘을 담은 마알간 물 길어다

솔바람 일구어 차 달여 마시는 여가에 자연이 계절에 따라 옷을 갈아 입듯이 욕심을 비우면 죽음의 두려움 앞에서도 날마다 새로운 삶의 희망이 가득 차느니······.

아이들의 차방(茶房)

사월의 동요로 피어난
차 싹 같은 아이들 손으로
장난감 방을 어지럽히며
차 마실 기구를 챙긴다

고사리보다 더 귀여운 손길로
차관(茶罐)①을 매만지며
차를 달여 마실 때에는
세상에 저렇고롬 이쁜 것을
눈앞에서 보여 준다

아이들이 차 기구를 만지작거리면
떨어뜨려 깰까 하는 두려움 보다는
동심이 되어 같이 노는 것 같아
저만치에 누리고 앉아서
마냥, 즐거움에 젖어 있다.

① 차관(茶罐) : 잎 차를 우리는 주자(注子).

알가의 노래

별빛 이슬로 내린
산천수(山泉水) 해맑은 정기(精氣)를 받아
연녹 빛깔로 피어난 작설(雀舌)①

찻물과 차신(茶神)②이
중정(中正)③의 길목에서 만나
오미(五味)④를 빛깔 향기 맛으로 피워 내더니

알가(閼伽)⑤의 노래로
업보(業報)⑥를 훤하게 들여다보고
긴— 세월을 밟아 온 얽힌 마음 풀어낸다.

① 작설(雀舌) : 4월에 새의 혀 모양으로 피는 여린 차 싹.

② 차신(茶神) : 차관에서 우려낸 차의 빛깔, 향기, 맛 또는 차의 정신.

③ 중정(中正) : 다법(茶法)으로 차를 달이는 방법. 중(中)은 찻물과 차를 알맞게 조화하고, 정(正)은 차의 빛깔, 향기, 맛을 잘 내는 것.

④ 오미(五味) : 차의 다섯 가지 효능.(쓴맛, 떫은맛, 단맛, 신맛, 짠맛)

⑤ 알가(閼伽) : 고대 인도에서 차를 가리켜 부르는 말. 미묘한 근원(妙原)으로 해석하는데 참마음을 뜻함.

⑥ 업보(業報) : 업과(業果)와 같은 말. 선악(善惡)의 행위에 의하여 반드시 그 과보로 즐거움(樂)과 고통(苦)을 받는다는 뜻.

차나무의 독백

찬 겨울 동안
모진 고난 견디며
제 터(墟)에만
마음을 허락하여
뿌리내려 맺혀 있는 곧은 정(情)

곡우 절기
두근거림으로 영글은
연녹빛 창(槍)과 깃발
산자락에 심은
열여섯 살 순정을
여린 손짓으로 피워 낸다

때론
군자라 하고
불기(不器)^①라 부르지만
별빛 이슬방울 맺힌 사연 길어
소슬바람으로 달인 차 한 잔
그 몫으로만 서 있고 싶다.

① 불기(不器) : 정하여진 그릇이 아니라는 뜻. 군자(君子)의 넓은
   품을 뜻함.

작설차(雀舌茶)

가을 하늘 빛을 담아
청록 빛깔 잎을 열고 피어난
흰 꽃잎 노오란 꽃술
찬 겨울잠에서도 시들지 않는
뿌리 깊이 맺은 의지(意志)

양지 볕에 열린
봄꽃 스치고 지나간 바람
곡우 절기 언저리에서 영글어 가는
작설의 여린 싹

한 올 실 끝도 걸치지 않은
마알간 샘물의 전설
솔바람에 얹히어
연녹빛 그리움으로
삼기(三奇)①로 피어난 작설차

비인 하늘 속에 머무는
무심(無心)한 구름 한 점
시냇물 소리에 실려 보내고
백자잔에 담아 놓은
작설차 한 잔 앞에 놓고
그리운 님 새겨보네.

① 삼기(三奇) : 차의 빛깔, 향기, 맛을 말함.

삼월 어느 날 찻자리

봄볕 소복하게 내려와 앉은
해걸음참①길 손님 맞아
열여섯 해②를 맞이한 작설차
하늘하늘 달인 찻물로
열린 찻자리

황금 꽃술
눈꽃(雪花)으로 핀 꽃잎③
옷깃 속에 여미고
삼동(三冬)④ 추위 안아다
연한 녹 빛깔로 영글어
백자 찻잔에서 피어나네

종달새 소리로 열린 삼월
봄 향기에 이끌려 온 남촌 바람 맞아
진달래꽃 향기에 묻어 둔

옛 얘기 하나씩 꺼내어
소리 없는 말을 듣는다.

① 해걸음참 : 전라도의 해질녘의 사투리.
② 열여섯 해 : 혼인 정년기에 있는 열여섯 살 처녀를 비유한 말.
　차 싹이 절정으로 영그는 시기를 뜻함.
③ 꽃잎 : 차 꽃은 가을(9~10월)에 노란 꽃술과 흰 꽃으로 핀다.
④ 삼동(三冬) : 겨울 석 달.

봄볕 1

산 계곡
으슥한 구비 찾아
찬바람 녹여 온 볕
지난해 감추어 둔
차 한 봉지 꺼내어
솔솔 달이는 차 향기로
봄볕 토닥거리어
여린 싹 하나 피웠다.

봄볕 2

겨울 내내
꽁꽁 묶여 있다가
매화꽃 바람에 감싸이어
고드름 끝에 맺혀 있는
해맑은 눈망울로 달인
차 한 잔—
꽃신(花神)①에게 드리지……

① 꽃신(花神) : 꽃을 피어나게 하는 정령(精靈).

오월

이른 새벽
선잠을 떨치고
이슬 바람으로 따온 차 싹
달군 솥에 덖기를
한나절이 지나
시장기가 소식을 전해 온다

급한 일 먼저 거두어 놓고
방긋이 웃는 막걸리 한 잔
뱃속 허기를 달래고
찻잔에 물끄러미 담겨
오월의 초록빛
세상 걱정 행복으로 엮어
취하게 한다

그래도 사문(沙門)①인데
차 한 잔에 술 취하듯
밑바닥 없는 바릿대②를
초록 숲에 넣어 두는 것이
금빛 얼굴 뵙기 민망하지만
한 잔에 담긴 삼합③에
마냥 즐거운걸 어떡하나.

① 사문(沙門) : 고대 인도에서 승려를 일러 부르는 말.
② 밑바닥 없는 바릿대 : 공안(公案)의 일종, 선구(禪句). 자기의 본
　분사(本分事)를 뜻함.
③ 삼합(三合) : 차와 술과 초록 숲을 뜻함.

비 오는 날의 숲

봄비를 맞이하는 앞산 숲은
안개 속으로 흘러 다녀
손을 내밀면 닿을 것 같은
친근한 거리로 다가와
툇마루가 있는 뜰로 펼쳐져
연인의 품으로 안기어 온다

숲의 품속을 헤집어
만지작거리는 빗소리는
그 옛날 옆집 순이와
풀꽃 반지를 찾아 소곤거리며
어머니 반짇고리를 뒤적이거나
호박 부치개를 부쳐 먹는
시간으로 되돌려 놓는다

숲과 들녘 텃밭은 빗물에 젖어 짙푸르고
사람도 빗물에 젖어 푸르러 가고
지나온 세월도 푸른 자리에 초대한
빛깔 향기 맛으로 찾아온 오월
찻잔 속에 어우러져
가뿐 숨결을 고르고 있다.

독다(獨茶) 1

청솔가지 늘어져
돌샘에 느리게 내려와 닿인
찻물 길어다
솔— 솔—
솔바람 소리①
쏴— 쏴—
빗방울 떨어지는 소리②로 달인
반야차 한 잔
푸른 산 맵시로 앉아
한 잔은
떠나보내 아픈 마음 달래우고
또 한 잔은
산내음 싣고 먼 길 떠나는
시냇물에 띄워 보내네.

① 솔바람 소리, ② 빗방울 떨어지는 소리 : 찻물 달이는 표현으로
  솔바람(松風송풍)과 전나무 가지에 비 오는 소리(檜雨회우)라고
  한다.

독다(獨茶) 2

목련꽃 향내
온몸으로 감겨 오는 아침
산천수(山泉水)①로 다듬은
청취 빛깔 반야차
한 잔은 차(茶) 고픈 마음에 드리고
또 한 잔은 흰 구름 흘러가는 길목에
천선(天仙)②에게 띄워 보내고
또 한 잔은
천 개의 손(千手)③을 내민
목련꽃에게도 건네주고…….

① 산천수(山泉水) : 산 속의 샘물.
② 천선(天仙) : 하늘의 신선.
③ 천개의 손(千手) : 천수천안(千手千眼) 관세음보살을 뜻함.

독다(獨茶) 3

봄눈 녹아 흐르는
실개천 물소리
찬 계곡 소식 일깨워
산 식구들에게 알리고

봄을 기다리는
매화 향기
남녘 손님 실어와
가지마다 함성으로 열리고

가냘픈 바람결로 달인
반야차 한 잔
산 이슬 밟고 오신 님에게
눈짓으로 건넨다.

이른 봄

산골
찬 냇물 소리
앙상한 가지 흔들어 깨우고

봄볕은
창 너머 눈밭
매화나무 가지에 피어나고

북녘으로 떠나는 손님
차 한 잔 건네주며
시린 마음 녹이네.

차 싹 따는 일기 (採茶日記)

장삼골^① 차나무가
여린 손 끝을 세우고
연녹빛 발돋움하면
동네 사람들 마음이 바빠진다

곡우 절기가 되면
몰려오는 그리움이
산기슭 곳곳에서 영글어
일창일기(一槍一旗)^②를 나부낀다

가을 하늘이 건네준
하아얀 꽃잎
노오란 꽃술 피워낸
옥(玉) 같은 님

봄볕에 익힌 녹향(綠香)③
뒷결 냇물 소리로 풀어 놓는다.

① 장삼골 : 전남 보성군 회천면 반야다원에 속한 차밭이 있는 계곡
　　이름.
② 일창일기(一槍一旗) : 어린 차 싹의 촉과 잎.
③ 녹향(綠香) : 차밭에 차나무가 자라는 녹빛 향기.

길 위에서

한평생 동안 이런 일 저런 일을 겪으며 산다는 것은 태어나기 이전의 일로 만들어진 여건에 따라 자기의 길을 걷는 것이다. 태어난 자리엔 죽음이 엎혀 있고 기쁨의 자리엔 슬픔이 도사리고 있고 사랑하는 자리엔 미움이 고여 있어 하나를 갖으면 하나가 어그러지는 길에 놓여 있다.

한평생을 산다는 것은 여러 겁에 익힌 업(業)에 의지하여 현생의 여러 인연들을 만나서 새로운 세상을 여는 것이다. 먼 옛날부터 주고 받아 온 일에 따라서 가난에 찌들어 고난(苦難)의 나날을 보내는 사람이 있으며, 세계를 하루 생활권 안에 두고 자기의 능력을 활개치듯 발휘하며 사는 사람도 있다. 때론, 산에 들어가 출가하여 도(道)를 닦거나 검은 드레스를 입고 교회당 종지기를 하는 사람도 있다.

누구에게나 하는 일이 있고 성공하고 싶은 희망이 있다. 더러는 온 힘을 기울여서 계획했던 일을 이루어 얼굴에 가득히 기쁨을 짓기도 하며, 세파(細波)의 어려운

여건을 뚫지 못하여 의지(義志)의 나래를 제대로 펴 보지 못하기도 한다.

일의 성과(成果)에 도달하고 아직 도달하지 못한 차이가 있지만, 열정과 불만하는 마음을 침묵에 잠겨 그윽하게 생각해 보면 모두가 자기만의 뜨락을 가꾸려고 하는 공통의 관심 위에서 종착역을 향하여 걷고 있는 것이다.

하고자 하는 일에는 사람의 숫자 만큼이나 다양한 직업이 있고 그에 따라 사는 모습과 미래를 설계하는 생각이 다르다. 성공하는 것이 목적이라면, 목적에 담긴 마음에는 사랑하고 미워하는 생각이 엉키어 있어 삶의 질을 생산한다.

넓히면 헤아릴 수 없이 많지만 좁히면 사랑 하나에 삶을 열어 놓고 정(情)에 매달려서 애쓰는 꼴이다. 그 정에 미련을 두고 한생의 삶을 마감한 뒤에까지도 절개의 약속을 강조하는 것은 윤회(輪廻)하는 실상을 알지 못한 어리석은 것이다.

친(親)이라는 관계 위에 올려놓고 친족(親族), 친구(親舊), 동지(同志)의 의리(義理)를 내세워 알맹이가 있는 관계를 가지려 한다.

한생과 친한 것은 껍데기의 짧은 만남이며, 양심(良心)과 친한 것은 연꽃 향기로 등불을 밝힌 영생(永生)의 길 위에서 알맹이를 찾아가는 것이며, 정갈한 찻잔에 차를 따라 마시며 마음을 비우는 것은 삶을 향기롭게 관조(觀照)하는 것이다.

껍데기는 알맹이를 싸는 보자기와 같은 것, 알맹이에 따라 가치가 주어진 것. 그 가치는 차를 달여 빛깔, 향기, 맛을 감상하며 마시듯이 공들여 가꾸어서 느낄 때에 존재하는 것이다.

껍데기는 참 모습이 아니어서 진실한 자산(資産)으로 가질 수 없다는 것을 아는 사람이 길을 알고 찾아가는 것이다.

선다(禪茶)

하늘과 땅 기운이 담긴
돌 샘물 길어다
마른 솔가지 꺾어
솔솔 달인 찻물
중정(中正)①으로 삼기(三奇)②를 세운
연녹빛 고요로 채워진
차 한 잔 —
빛깔과 향기로도 잡을 수 없는
작은 마음 하나 담겨서
나날이 새로운 즐거움
때때로 피어나네.

① 중정(中正) : 중정의 도(中正之道)를 줄인 말. 찻물과 차를 알맞
   게 달이는 법을 말함. 중(中)은 찻물과 차를 알맞게 조절한다는
   뜻이며, 정(正)은 차의 빛깔, 향기, 맛을 잘 달여 낸다는 뜻임.
   중용(中庸)은 중도(中道)의 뜻과 같음.
② 삼기(三奇) : 차의 빛깔, 향기, 맛을 말함.

오월의 합창

앞집 채소밭가
감나무와 밤나무는
여린 새순으로 봄옷을 입고
집 모퉁이 대숲엔
죽순 풋내가 샛길을 메우고
간밤에 산비(山雨)로
세수하고 머리 빗고 일어난 산자락
물안개에 묻혀 간다

활개치는 닭 울음소리
이슬 기운 깨워서
순이네 숙이네 손길을
차밭으로 내몰고
산 그림자 쫓는 개 짖는 소리
호객(呼客)하는 장사꾼의 길목을 지키고
이따금씩 경운기 소리는

마을 앞마당에 내려앉은 고요를 갈라놓고
보성 장날 장짐을 싣고 내달린다

텅 비인 마을엔
구름 한 점 놀다가
뒷산 봉우리로 올라가고
산새들 소리에 에워싸여
세상 군소리 끊어지고
산과 들녘 마을이
진초록빛으로 기다랗게 누워
차의 빛깔 향기 맛을 뿌리며
오월의 몸짓으로 어깨를 비집고 일어나
가락을 타고 흘러간다.

기다리지 마라 1

기다리지 마라
외로우니까!
오늘 하루 기다리다 잠들면
내일은 가슴 에이는 외로움이 찾아온다

오지 않는 소식을 기다리지 마라
기다림에 사무치면
바람 소리 조차도 외로움으로 달려온다
지나간 시간 속 일을 기다리지 말고
비가 오면 빗발을 헤쳐 걸어가고
눈이 오면 눈길을 더듬어서 가거라

삶을 엮어 간다는 것은
기다림을 속죄로 앓으며
외로움 속을 걷는 것이다
서러움을 등에 지고 님을 찾는 긴 밤

두견새도 외로워서 울고
별빛이 이슬 젖은 걸음으로 내려와
잎새에 맺혀 떨고 있는 것도
기다림 때문이다

기다리지 마라
봄은 겨울을 안아다 피우고
여름은 가을로 가는 디딤돌이 되어
단풍 옷을 입히듯이
만날 때 기다림의 싹이 틔여
외로운 나무로 서있다

산다는 것은 끝내
해 그림자 저문 비인 겨울산에
날개짓 하는 한 마리 작은 새
기다림을 감싸고 있는 외로움을
차 한 잔에 담아
홀으로 읽는 것이다.

기다리지 마라 2

기다리지 마라!
사랑하거든 기다리지 마라
떠난 사랑을 기억 속에 새겨 두고
기다림을 속앓이 하며
그리움을 강 건너에 매어 두나니……

기다리다, 기다리다,
행여! 추억 속에서라도
차 한 잔 하는 사이를 넘으면
사랑한 채 떠난 님은
고뇌를 이끌고 오나니……

기다리지 마라!
묵은 번민으로 엮어진 세월이
희망을 애달프게 그리어
원죄(原罪)가 되어 돌아올 때는

가슴 에이는 애달픔으로 돌려받게 되나니……

기다림은 만남을 그리고
만남은 이별을 준비하고
이별은 새로운 만남을 그리워하고
사랑했던 기억을
악몽(惡夢)으로 지워 버리나니……

사랑했던 아픔이
스물스물 달구어져
뜨겁게 달려오면
삼백육십예순 날을
가슴 조이는 밤이 되나니……

목련꽃 맞이 차회

목련꽃이 봄 눈(春眼)을 뜨고
천 개의 손길(千手)①을 편 정원
아침 햇살 피어나는 여가(餘暇)로
봄 향기 그려진 샘물 긷고

모진 추위 품어 안듯
봄볕을 받아 달인 차
남풍(南風)에게 드리어
먼 길 목마른 숨결 적시고

봄을 여는 첫 울음으로
마음속에 은밀한 비밀을
희디 흰 꽃잎으로 훤하게 밝힌
목련꽃신에게도 드리네.

① 천 개의 손길(千手) : 천수천안(千手千眼) 관음보살.

대금 연주

박꽃(瓢) 빛깔로 피어난
잡힐 듯 말 듯한 저 소리
심장을 파고 들고

영혼 하나로 잡을 수 없는
아득한 곳으로 흘러가는
소리 흔적 하나 붙잡고
봄바람 나래치는 선율로 달인
작설차 한 잔 맑음으로
도시의 소음을 씻어낸 뒤

우면산 천년 묵은 이무기
구름 속에 감춰진 운율 따라
하늘길을 걷는다.

예술의 전당 이삼스님 대금 연주를 듣고.

두견새의 꿈

님이여!
찬 이슬 떨구기 전
산내음으로 채워진
이른 아침
찻물을 길어 놓고 기다리는
샛길로 오소서

뙤약볕이 쬐일 때 쯤이면
잎새에 맺힌 이슬
산 내음 따라 승천(昇天)하여
간밤에 쉰 목소리로 쓴 사연도
창공(蒼空)으로 날아가
하얗게 지워진답니다

온갖 새들이 날아와
두견새[1]가 비우고 간 자리를

채워 보려고 하지만
한가롭게 노니는 소리에서는
가슴에 묻어 둔 그 소리
들리지 않는답니다

산 이슬 초롱불로 밝혀진
귀촉도(歸囑道)②로
잰걸음으로 사뿐히 오시어
고향으로 달려가는 꿈결을
깨우지 않게 하소서!

① 두견새 : 소쩍새라고도 하며, 두견새라 부를 때는 일제 치하에서
　　독립운동을 했던 독립군의 서러움을 뜻한다.
② 귀촉도(歸囑道) : 고향으로 돌아가고 싶은 길 또는 마음.

꽃비 내리는 길

오늘도
숨죽인 거리에는
여린 가슴 풀어 놓은 바람결로
꽃물인 듯—
눈물인 듯—

세월이 흘러가서
지는 꽃잎이라
탓하리오마는
눈빛만 흘겨도
고요를 흔드는 몸짓으로
돌아가는 뒷모습은
눈도 멀고
귀도 먹고
그 길을 걷는 하루를
꿈속으로 망막하게 내몬다

질 때 지고
갈 때 가는 일은
봄을 약속하는 한마디로
기댈 언덕이 될 수 있는데
차마, 말 머금고
이별하고 흘러가는 꽃잎
뒷모습이―
무정한 님을 닮았다.

녹차 만드는 날 연주

별빛으로 밝혀진
다원 뜨락
녹차를 만드는 첫날

바람결에 실린 바이올린 소리
어두움 속을 헤치며 나래짓하는 선율
차 싹을 덖는 솥 안에 떨어진다

수선화 봉선화 보리밭 연주는
봄시름을 단 꿈결로 엮어
빛깔 향기 맛으로 영글고

사람 사는 정(情)으로
차 한 잔 즐기는 사이
가락은 자정(子正)을 넘어가고

봇재 마을 골목길을 기웃거리며
지난해에 떠난 봄싹들을 만나
반가운 마음 촉촉이 적셔 풀어 놓는다.

산중다화(山中茶話)

봄눈 떨치고 일어난
매화꽃 향기로
게 눈[①]과 새우 눈[②]을 피워 내어
백학 울음소리로
차 한 잔 달이어

흰 구름 놀다 간
숲 속 찻자리에
청풍납자[③]가 다가와서
다선삼매[④]에 들고

서리결 보다 흰
마알간 선인[⑤]
풍로에 불을 지피다가
옛 시 구절을 읊조리다
실잠에 든다.

① 게 눈(蟹眼) : 찻물 달일 때 물을 달이는 그릇에 첫 번째 들려 오는
   기포(氣泡).

② 새우 눈(蝦眼) : 찻물 달일 때 물을 달이는 그릇에 두 번째로 열리는
   기포(氣泡).

③ 청풍납자(靑風衲子) : 참선 수행을 하는 수도 승려.

④ 다선삼매(茶禪三昧) : 다도와 선도(禪導)를 닦아 이룬 삼매 경지.
   삼매는 선정(禪定)을 뜻함.

⑤ 선인(仙人) : 신선도(仙道)를 닦는 수행자.

서러운 말 전하러 왔구려

수삼일(數三日)을 기다린 끝에
봄풀을 딛고 가는 바람으로
귓전에 스친 이별곡
그림 같이 정겹던 날들을 서럽게 하는구려

하루낮 하룻밤을
애달픔 움켜쥐고
산같이 쌓인 말로 마신 술이
석양녘에야 깨는구려

그댈 떠나보낸 고갯마루엔
술빛으로 익은 노을이 매달려
차 한 사발에 깨어난 술이
또 취하게 하는구려

차마 서러운 말 전할 수 없어
서천(西天)으로 기울어 가는
초생달 비워진 곳에
차 한 잔으로 채우지 못한 술잔을
소쩍새 소리로 띄워 보내는구려.

사랑할래요

이제 사랑할래요
별빛 깊은 밤
잠에서 깨어난 푸른 눈빛을 세우고
애틋한 가슴을 품어 안고
슬픔이 강물이 되어 흘러간대도
님이 남기신 흔적을 찾아
그림자 없는 사랑을 할래요

수많은 세월 밖에 밀려나
찬 바람 부는 숲 속을 헤매였지만
이제 상처 받은 몸까지 끌어안아
그물에 걸리지 않는 사랑으로
어두움 속에 젖어든 슬픔을
한 올 한 올 풀어 밝힐래요

어제와 오늘 그제도 겪은 수많은 일들이
운명을 걸고 나아가야 할 일이었는지……
순정 하나로 그리어 온 님
첫 닭 우는 새벽 소리로
먼동을 열고 빛으로 나아가는
영롱한 사랑을 시작할래요

행여! 돌아올 수 없는 강을 건너
찬 이슬 밟으며 떠나신다면
님을 그리는 노래를 엮어
소리의 날개깃을 하염없이 펴
가슴 깊은 곳에 닿일 때까지
차 향기 품으로 뿌리내려
이제 사랑할래요.

신농씨의 차

혼돈(混沌)의 부름을 받아
까만 하늘이 처음 열리고
초록 생명의 빛으로 피어날 때부터
중화(中和)①의 품성을 타고 나서
산자락에 뿌리 내린 지조(志操)로
군자라는 차 이름(茶號)을 얻었구나.

모진 겨울 이겨내는 세찬 기세로도
잡을 수 없는 은근한 연녹 빛깔
매운 향기로 피어난 맛이
승천하겠다는 여한도 내려놓고
일창일기(一槍一旗)②에 색향기미(色香氣味)③로
짜고 짙게 쩌들어
초목(草木) 가운데 왕(王)이 되었구나!

온누리에서
다시 찾아볼 수 없는 신비로운 다약(茶藥)④

유천수(乳泉水)⑤로 빚은 차신(茶神)⑥
오장으로 녹아 흘러내린 다섯 가지 맛(五味)⑦
백세 천세로 회춘하는 천기누설을
신농씨(神農氏)⑧가 알아차렸구나!
진진(津津)⑨한 약방문(藥方文)⑩을
맨 첫 줄에 기록했구나!

① 중화(中和) : 중정(中正)의 조화.
② 일창일기(一槍一旗) : 차나무 어린 싹의 촉과 잎을 말함.
③ 색향기미(色香氣味) : 차의 4기(四奇)라고 함.
④ 다약(茶藥) : 차의 높은 효능을 일컫는 말.
⑤ 유천수(乳泉水) : 우윳빛 물로 솟은 샘물, 음수(陰水) 좋은 찻물.
⑥ 차신(茶神) : 차의 색, 향, 미의 삼기(三奇)나 또는 사기, 또 다도
    의 고아한 정신.
⑦ 다섯 가지 맛(五味) : 쓴맛은 간장, 단맛은 비장, 떫은맛은 폐장,
    신맛은 간장, 짠맛은 신장을 다스린다.
⑧ 신농씨(神農氏) : 중국 전설 속 삼황 중 한 분.
⑨ 진진(津津) : 입에 착 달라붙게 맛이 좋다.
⑩ 약방문(藥方文) : 신농씨가 최초로 만들었다고 전하는 본초(本草
    =약제서)를 뜻한다. 신농씨가 본초를 만들다가 혀에 들었을 때
    차를 마시고 독을 해독했다는 약방문에 대한 설화가 전해온다.

빛깔 향기 맛이로소이다

사월의 산빛 안아다
온몸을 풀어 놓은 연한 청록 빛깔
불기운 타고 일어난 십오인[①]
반야차 사이를 엮어 놓더니
지난 가을 서리에 씻겨 핀
차 꽃 향기 풀어
흐린 마음 닦아서
비인 하늘을 연
그— 한 맛
오장[②]을 두루 돌아
얽힌 고리 솔솔 풀어 놓고
차 향기 맛에 묻어둔 얘기
한 올씩 피워 내어
동짓달, 긴 밤을 새워 듣는다.

① 십오인(十五人) : 찻물을 달일 때 일어나는 열다섯 가지의 모양,
   소리 기운의 변화.
② 오장(五臟) : 사람의 다섯 장기. 차의 다섯 가지 성분. 쓴맛, 단맛,
   떫은맛, 짠맛, 신맛이 오장의 기능을 돕는다고 한다.

아직 오지 않은 가을

여름 내내 뽐내 오던 빛깔로
막다른 길목에 들어선 숲
불볕 무더위를 한 아름씩 안아
구름 한 점마저 지운 가없는 하늘에
산들산들 띄워 보내고……

산 밑에서 만장봉(萬丈峰)①까지
도시에서 풀려난 주말 군중들
작년 이맘때쯤 오르던 길 옆에
농익힌 여름 볕을 새겨 넣으며
시월의 끝자락으로
솔솔 흘려보내고……

푸르른 마음으로 쌓인 길에
가을 잎이 덮이면
이내 앙상한 외로움만 남아
몸 시린 시련이 기다리고 있는데
아직도 숲은 여름 볕에 앉아서
차 한 잔을 마시는 놀음에 젖어 있고……

① 만장봉(萬丈峰) : 서울 도봉구 도봉산 만장봉.

몰라요

꽃이 참 잘 피었기에
꽃술에 대고
읊조렸다
기운으로만 느끼는 소리로

노랑 나비와 고추잠자리 서너 마리가
멋들어진 춤판을 벌이고
왔다 갔다
귀를 기울였는데
아무 말도 듣지 못했다

꿀벌들이 연신 투사처럼
왔다 갔다
한 맵시를 내어
눈을 반갑게 대었는데
아무것도 보지 못했다

건너편 숲에서 매미가
여름을 사냥하는 소리로
버럭 내질러
그날은 눈 코 귀가 멀어서
아무 생각도 하지 못했다

이 뭘까!
찾고 찾아 봐도
차 한 잔 마시고 난
비인 찻잔에
적막만 깃들어 있었다.

누가 바람을 보았느냐

누가 바람을 보았느냐
모양 없이 소리로만 흐르는 바람을―
호흡하는 사이에 드나드는
그 자리엔
오롯이 한 빛에 얹힌 바람이
실려 갔다 실려 나온다

봄꽃 피우는 손길로 왔다가
먹구름 소나기 매섭게 꽂히는 무더위로
들 풀섶 무성하게 매만져 놓고
가을 잎에 남은 정 하나 동강 내고
서슬 퍼런 빛을 띄우고 가는
찬 하늘 속에 알토박이로 채워저 흐려가는
바람을 보았느냐

모양 없는 실체 하나가
허허로운 욕망의 유혹을 받아
내와 그 사이의
잘못된 만남에 비집고 들어와
벼랑 끝 유랑으로
그림자 없는 채찍을 안기는
바람을 보았느냐

영겁전^① 불씨가 일어나
은빛 옷자락 흩날리는 나비의 꿈을 깨고
불에 타지도 물에 젖지도 않는
흔적 없이 비인 바람이
연꽃 향기 흘리는 매무새를 지어
환생의 길을 찾아 가는
바람을 보았느냐.

① 영겁전(永劫前) : 헤아릴 수 없는 옛날의 전생(前生).

무반주의 환희

숨죽여 들어보는
저- 소리
눈과 귀 심장을
기타 여섯 줄에 올려놓고
신기 오른 선율로
혼을 토하고 있다

마음속 뜰을 거니는 가락으로
흰구름 띄운 높은 하늘
종달새 뻐꾸기 노닐고
천둥 우박이 내려치고
장렬한 환상곡으로 쏟아져
환희의 바다에 빠져버렸다

오!
손끝 바람으로 터져 나오는
소리의 빛줄기
깊은 품속으로 안겨 들어와
밤새 별빛 총총 심어져
환생하는 리듬으로 몸서리치며
막을 내릴 줄 모른다.

환생(還生) 1

세상 끝 벼랑에서
정으로 흐르던 숱한 날
육신의 소리를 찾아가는 나들이를 접고
이승의 언덕을 넘어가는 찰나에
눈과 귀에 걸리지 않는
영겁(永劫)의 업(業)①을 삼킨
알가②가 열려진 자리
투명하게 비인 곳
그— 빛을 보았느냐
육도(六道)③의 속박 속에 닻을 내린 일들이
긴— 오늘로 이어진 오늘과 오늘
껍질 벗은 생명선 한줄기
미묘한 자리④ 알맹이엔
도리 고갯짓을 하니
어찌하리……
어찌하리……

① 업(業) : 몸과 입과 뜻으로 짓는 열 가지 소행.

② 알가(閼伽=Argha) : 고대 인도 불교에서 차(茶)를 일컫는 용어.

③ 육도(六道) : 선계(善界)의 천상, 아수라, 인간 세계와 악계(惡界)의 축생, 아귀, 지옥 세계.

④ 미묘한 자리(妙原) : 미묘한 근원인 알가를 해석한 말. 무착 바라밀다(無着 波羅密多)로 번역. 무착(無着)은 욕심이 없는 마음. 바라밀다(波羅密多)는 저 언덕으로 건너가다(到彼岸). 저 언덕은 깨달음의 세계를 뜻함.

환생(還生) 2

한생(一生)을 열어
삭발하여 떠나보내고

또 한생에 세운
의지를 꺾어 버리고

다른 또 한생을 쫓아가는
고심한 흔적조차
태우고 비워 버린 뒤

벼랑 끝에 내몰린
피맺힌 절규로 피어난
연꽃 향기
차 한 잔에 누운
다선삼매[①]는 버려두고……

알가②의 넋에서 멀리 떨어진
다시 또 정에 끌려 따라가다

어느 해인가 왔던
그 길을 또 간다.

① 다선삼매(茶禪三昧) : 다도와 선도에 의하여 든 삼매경(三昧境).
　 삼매는 선정(禪定)을 뜻함.
② 알가(閼伽) : 고대 인도에서 차를 일컫는 말. 미묘한 근원(妙原)
　 으로 번역함.

예불

하늘빛을 닮은
옥수① 샘물
찻물로 길어다

솔바람 일구어
차 달여 올리고

한줄기 향 살라 올리니
옛 부처 빙긋한 웃음 짓고

가만히 눌러 앉은 천년 세월
소리 없는 설법을 흘리는데

저녁 종을 치고
염불하니
비인 산이 묵묵히 듣네.

① 옥수(玉水) : 감로(甘露) 샘에서 솟은 옥빛 샘물. 양수(陽水).

작설차는 내 고향

산 향기 열린
다원 뜰 앞에
풍로 불을 솔 솔 피워
오월의 초록빛을 안아다
반야차를 달인다

한낮에는
별빛이 심어 놓은
마알간 하늘 꿈에서 깨어나
작설차 싹을 따러 간다

연녹 빛깔을 다듬고 다듬어
다듬을 수 없는 꼭대기까지 올라간
말과 글을 삼킨 어린 싹
초록 향기로 여물었구나!

그대는 하염없는 전생에
어떤 공덕을 지었기에
온갖 사람들 입 안에 들어가
이 세상에 다시없는 고운 말로
찬탄을 받는가!

나도 그대처럼
고운님 입 안에 들어가
빛깔 향기 맛으로 한살림 차리는
차 한 잔이었으면 좋겠다
정말,

문

가슴으로 펴는
자비의 문을 열면
세상 사람들
다—
친구가 되리

자기만을 위한
욕심의 문을 열면
사람들은 자기만 챙기어
다—
남이 되리

찻물과 차와 차 기구가
중정의 다법[1]을 만나면
한 잔의 차로
만족한 자리가 되리

마음으로 거래가 없는
지혜의 문을 열면
불생②의 도리를 찾아
다―
부처가 되리.

① 중정(中正)의 다법(茶法) : 찻물과 차를 알맞게 조절하여 차를
   달이는 방법.
② 불생(不生) : 생사의 윤회에서 해탈한 경지.

겨울밤 고향 들녘 산책

칠흑이 펼쳐진 들녘 건너편
먼 마을 집들
까마득하게 아물거리는 여나므개 불빛이
창틈으로 새어 나와
추수가 끝난 논밭에
별빛을 총총히 심고 있다

살점을 에이는 섣달 바람이
옷섶을 들추고 들어와
기억의 샘을 파고
잊혀진 일을 들추어 내어
이삭줍기를 하고 있다
추억은 어느 들녘에 숨어 있는지!
가름하기 어려웠던 시절
실없는 웃음이
어두움을 딛고 일어나
밤바람에 실려 간다

이런 날 밤은
할아버지 아버지 손자가 한몫이 되어
화롯가에 둘러앉아
정담(情談)으로 찻물을 달이며
차도 마시며 군고구마도 굽고
긴 밤을 엮어가는 풍경이 그립다.

물안개 낀 산촌

이른 새벽에
하늘은
산에 발을 내어 딛고
산은
하늘로 물안개를 피워 올리고
하늘에 산이 맞닿은 숲에
새들이 선잠을 깨어 일어난다

앞집 뜰 앞에
새순이 핀 감나무 위에
백학 한 마리가
끼룩 외마디로
긴— 평행선을 긋는 고요를
안개 숲에 떨어뜨리고
까만 점 하나로 멀어져 간다

안개가 걷힌 산촌 마을은
일상으로 돌아와
산과 들녘에 허리를 굽히고 있는데
물안개 긴 아침이면
신선이 되어 구름을 밟고
화롯불을 피워 반야차를 달인다.

먹점골^① 차회

봄바람 따라
산굽이 더듬어 찾아가니
난야^②엔 주인이 없고
매화꽃이 손님을 반기네
매화꽃 향기로 달인 차 즐기다
내려오던 길을 뒤돌아보니
아득한 산마루
눈꽃이 피었네.

① 먹점골 : 경남 하동군 악양면 흑룡마을 뒷산 아래.
② 난야(蘭若) : 인도에서 절 이름으로 조용한 곳이라는 뜻. 이 시에
　　서는 작은 암자를 뜻함.

명상(冥想)

아침을 열어
밝은 내일을 떠오르는
둥근 해처럼
희망의 꿈을 밝히며 살기

어두움을 펴서
산과 들녘 마을을 쓸어안는
고운 달처럼
편안한 품으로 살기

작설차를 달이어
이웃과 한자리에 앉아
밝은 마음 담아 마시며
다정한 친구가 되기.

석양의 억새꽃

시월의 끝자락에서
푸른 잎새에 칼날을 세워
바람을 가르고 쪼갠 갈대잎 위에
곱게 다듬은 흰머리 꽃술들
황혼빛에 한아름씩 받쳐들어 보이다가
가을 노래 바람으로
텃밭 마을을 떠나가는
이별의 꽃이여!

이듬해에도 겪을
고된 나날을
만인의 노래로 엮어서
비우고 비워진 하늘에
청청하게 흩뿌리어
이 가을의 마지막 혼을
홀홀히 흰 머리털 풀어놓고 가는
영혼의 꽃이여!

떠나보내야 할
정 하나에 붙들려
피어났다가 지고
졌다가 다시 피어나는 길을 접고
구천(九天)에 떠도는 영혼들 앞에
석양빛 따라 가는 길잡이로
너울춤을 추는
갈꽃의 넋이여!

빌딩 속에 초가 찻집

폐허 된 산자락 끄트머리에
오십 년쯤 세월이 얹힌
누더기 초가집 한 채가
석양 노을 속에 오똑하게 서서
도시의 외로움으로 타오르고 있다

도시개발에 내몰려
산허리를 동강 내어 들어내고
수해가 할퀴고 간 뒷자리
아파트 빌딩 숲 속
섬으로 갇혀 외치는
아름다운 찻집① 구호를
차 한 잔으로 앉아서 듣는다

우리는 초가집에서
보리밥 된장국으로 시장기를 메꾸던 것이
예전부터 누려 왔던 풍속도라
이런 집 찻상 앞에 앉으면
그때 그 시절 정겨웠던 일로 돌아가
향수에 젖어 시름이 녹는다.

① 아름다운 찻집 : 찻집 이름.

인천 한천 김석렬이 개원한 아름다운 찻집을 방문하고 지은 시.

주말 부부의 오후

월급 빠듯하게
비좁은 집안 살림
아들네 식구들 사이에 부모님
들 풀섶에 핀 흰머리 웃음으로
늘 맞아주는 품 안이
주말 귀갓길을 서두르게 한다

남자 손길이 필요한 곳을 살피다가
음식을 만드는 아내 곁에서
반찬을 차려 놓고 밥도 푸는
내 몫이 있는 저녁 상차림에
삼대(三代)가 한데 모였다

한 주일 동안 일들을
귀를 세우고 들어주는 아내가
솜씨를 내어 만든 차 과자에
정을 담아 울구어 내는 차 한 잔
고단한 피로가 사그라진다.

시월로 초대합니다

여보게
반야차 한 잔 들게나
이른 새벽
돌샘에서 피어난
물안개 헤치고 길어 온
조주청향①이
문 앞을 서성이고
푸르디 푸른 하늘 속에
빨갛게 알알이 수(繡)놓은
감나무 아래
국화 향기로 차린 찻상
깊은 밤
별빛 달빛 기울도록
해묵은 차 얘기
나눠 봄이 어떤가!

① 조주청향(趙州清香) : 중국 불교 임제종의 고승, 조주 선사가 참
  선하는 납자들을 대할 때 차 한 잔 마시고 가게나(喫茶去-끽다거)
  라는 공안으로 유명하다.

찾자리에 난 꽃이 피었네

초록이 익어 가는 오월
마알간 하늘 속
구름 몇 점 흘러간 뒷자리
가녀린 난 잎 선으로 그려진
차 향기—

대청마루를 지나서
집안 곳곳을 기웃거리며
장롱 속에 간직하여 온 풍류도[①]
한가락씩 꺼내어
첫인사를 건네고

서늘한 여름을 펴서 차린
난 향기 감도는 찻자리
주인과 손님이 한몫이 되어

난 잎으로 그려지고
난 꽃으로 피어난다.

① 풍류도(風流道) : 다도(茶道)를 하면서 도덕(道德)과 학문을 닦고
  자연과 예술을 즐기는 생활.

차 한 잔

겹겹이 쌓인 산속
이끼 낀 산골 물
솔나무 아래
차 고픔으로 앉힌 차솥
빗방울 떨어지는 소리
뜰 앞을 맴돌다가
섬돌 위로 야단스레 달려오면
알맞은① 조화
곧게 선② 차신
차 한 잔에
그리움 캐어 채워 놓고
새하얀 낮달도 띄워 놓고
가파른 세월을 안고 가는
고단한 납자(衲子)③에게도
건네주고……

① 알맞은(中) : 중정(中正)의 도에 알맞는 찻물과 차의 조화.
② 곧게 선(正) : 찻물과 차가 조화되어 색, 향, 미가 돋아난 차.
③ 납자(衲子) : 참선 수행을 하는 사람.

아암도(兒岩島) 가는 샛길

첫사랑이 묻혀 있는
가없는 갯벌이
회색 구름 스산하게 뿌리는
초겨울 창 밖에서
차 한 잔 꼬옥 쥐고 추억을 더듬는다

바닷물에 젖고
갯벌에 묻힌 발자국
샛바람에 들뜬
그리움이런가!
눈물이런가!

아득히 먼—
잊혀진 얘기로 쓸려간 섬
징검다리 그 샛길은
이미 광장이 되어 있는데

깊숙하게 묻힌 기억이 일어난다

그때 그 시절
갈매기 한 쌍
무심한 가락 흘리며
날갯짓, 날갯짓 하는 선율(線律)로
아픈 사연 흘리고 있다.

아암도(兒岩島) : 인천 송도 앞바다에 있었던 섬으로 지금은 매
   립되어 광장이 되었다.

대정호(大井戶)

하늘을 담을
큰 입을 열어
손길 가는 바람결로
유백색(乳白色)으로 맛을 내고……

속내를 훤하게 드러내고
지리산 만한 굽으로 굳게 받쳐져
굵은 손자국이 배를 긋고 가고
청녹 빛깔로 향기와 맛을
물과 거품 사이에 사리어서
온몸, 삼백육십 골절을 세워 피워낸
대정호(大井戶)①여!

오감을 비워
귓대를 대고 무심하게 들으면
옛 풍류를 읽고 간 다심②

솔솔 풀려 들려온다.

① 대정호(大井戸) : 조선 초기에 제작된 찻사발.
② 다심(茶心) : 차의 신기로운 마음, 욕심 없는 마음, 중정(中正)의
　 도의 다법(茶法)으로 하는 차생활.

우송 차 기구를 보면서

연한 빛깔 옥(玉)결로
솔바람 구름물결 흘러가는 대로
손끝으로 다듬어진 백자 차 기구
찬 별이슬 영롱하게 맺혔다

섬세한 차례를 낱낱이 읽어
다법①으로 풀어낸 쓰임새는
차 기구 갖가지가
자연의 품을 갖추었다

청년 시절부터 운명처럼
몇 스승 솜씨를 넘고 넘어서
물레를 흙발로 차며
인생을 빚어 온 사십 년

고행길을 천직으로 걷고
가마불을 친구로 사귀며

올곧게 닦아 온 마음길이
예술혼으로 익히어졌구나

도예②가 높이 있어
땅에 발을 딛곤 볼 수 없는데
하늘신은 입을 닫고
땅신이 말한다

고 얀 놈!
내 골수(骨髓)를 뺏어가서
부수고 갈고 주물러 터뜨려
흙 굿판을 벌이더니
끝내, 그릇을 보석으로 만들었구나.

① 다법(茶法) : 차를 달이고 마시는 방법.
② 도예(陶藝) : 도기와 자기의 예술성, 즉 흙으로 만든 그릇.

우송도예는 도예가 김대희씨가 운영하는 도원(陶園).

먹점골 차회 일기

1
섬진강변은
낯선 봄바람을 맞아
꽃망울 꽃샘 부림으로
받았다 빼앗기를 반복하며
줄 당기기를 하다가 맺힌
꽃 입술을 느리게 열기 시작하였다

강변은 산허리까지
수채화 분위기로 더듬어 가며
매화꽃 소식을 한아름씩 전하여
겨울 그림자를 쓸어내고
삼월의 모습으로 물들여 가고 있다.

2
흑룡마을 앞마당엔
때를 지나칠까 봐 조바심하는

먹점골① 매화 향기가 길마중 나와
코 끝에 스치는 반가움으로
길 안내 채비를 하고 나선다

굽이진 산모퉁이를 돌아
후미진 징검다릴 건너
동네 어귀 길목을 지날 때마다
산 색시의 수줍음으로
봄풀 위에 매화 향기 사리어 놓고
가파른 언덕길을 쉬어 가란다.

3
두 해 만에 다시 찾은
퇴락해 가는 난야②엔
고목으로 우거진 매화나무 숲이
수절로 눈물겨운 겨울날을
솔솔 풀어 봄볕에 널어놓고
외로움을 지키고 있다

주인 떠난 비인 뜰은
매화 향기 매웁게 피워
길손 품 안으로 달려가
온몸으로 안기며
하루쯤 묵어 갈 주인을 찾는다

아무도 찾아 주지 않는 손길로
가지는 무성하게 뻗어 가고
매실이 저절로 떨어진 황무지 밭에
시 한 수를 촉촉하게 읊어
실향기를 그물 치듯 펴고
산 식구들이 입을 모아 부르는
은군자③의 서러운 눈물을
섬진강변 산자락에
이른 봄날 축제로 열었다.

4
오늘 차회는
매화 향기 그윽하게

긴 겨울을 견디어 온 만큼
해맑은 눈망울 꽃으로
열두 대문 깊은 골을 열어
아악과 가곡의 하늘빛을 담은 소리로
달인 돌샘물

멀리에서 아른거리는
섬진강을 눈 아래에 두고
반야차, 옥로차, 가루차, 황차를 달이어
매화가 새겨진 차호, 찻잔, 대정호④에 받고
잡곡밥, 쑥국, 나물 반찬, 매실주를 차리어
하늘과 땅, 물신에게도 드리고
빈집 뜨락에 서성이는 적막을
반석(盤石)⑤ 위에 편 찻자리에 모시고
시린 가슴 달래주고
비인 찻잔에
매화꽃 닮은 마음을 담아보고
매화꽃 시로 차를 달이어
하루 햇살을 채우는
잔치를 열었다.

① 먹점골 : 경남 하동군 섬진강변 흑룡 마을 뒤 산골마을.

② 난야(蘭若) : 인도에서 불교 사원을 이르는 말.

③ 은군자(隱君子) : 매화 꽃말을 군자 또는 초야에 숨어 있는 선비
라고 함.

④ 대정호(大井戶) : 가루차 다완(茶碗) 또는 찻사발.

⑤ 반석(盤石) : 넓은 너럭 바위. 먹점골 난야 동쪽 마당 끝에 있다.

먹점골 매화나무 숲에 차회를 열다

1. 매화꽃 차회 계획을 세우고

먹점골에서 매화 꽃맞이 차회를 열 계획을 세우고 하동 군청, 광양시청, 쌍계사, 구례군청, 광양 신행선원으로 번갈아 가며 전화로 매화꽃이 피어날 알맞는 날을 정탐하였다. 처음 계획은 예년처럼 그 시기에 꽃이 절정으로 필 것이라는 생각으로 차회 날을 정하였으나 늦추위로 봄이 늦게 열리고 풀리는 날씨에 꽃샘추위가 찾아와 떠날 날을 미루다가 세 번째 정한 날에야 떠나게 되었다.

절을 이틀 동안 비워 둘 빈 사이를 메꾸어 줄 채비를 하고 점심 공양을 하다 보니 오후 1시에야 출발하게 되었다.

경부고속도로, 천안논산민자고속도로, 호남고속도로를 잠시 올랐다가 다시 전주광양고속도로를 달려서 구례IC에서 내려와 화계동을 거쳐서 쉬지 않고 달려갔는데 쌍계사에는 저녁 8시가 되어 도착하였다.

지객스님의 안내를 받아 우리가 잘 객실만 알아놓고 절 밑에 있는 마을 식당으로 내려와서 산채 비빔밥, 도토리묵을 시켜 놓고 막걸리를 한 잔씩 걸치면서 멀고 먼 길 피로를 풀었다.

먹다 남은 막걸리를 들고 절 객실로 올라와서 규칙을 심하게 어기면서 다시 막걸리 잔을 기울이면서 객실의 쾌쾌한 냄새를 쓸어내고 웃음꽃을 활짝 피워 품에 꼬옥 안고 잠을 청했다.

2. 섬진강변 봄 이야기

간밤에 취한 먼지를 목욕으로 털어내고 늦은 아침 예불을 하고 나선 대웅전 앞마당은 서리가 내린 날처럼 싸늘한 기운이 진감국사 대공탑비를 감싸고 있었다. 은근히 염려가 되었다. 먹점골 기온이……

맑고 찬 공기로 차를 달이고 과일 한 쪽으로 아침 공양을 마치고 먹점골로 향하였다. 어제 내려올 때는 섬진강변이 칠흑 속에 묻혀 있어서 사방을 분간할 수가 없어

라이트 하나로 찻길을 밝혀 조심스럽게 섬진강 옆길을 더듬어 왔다.

눈으로는 아무것도 볼 수 없었지만 섬진강 물줄기가 숨죽여 흐르는 봄 소리, 봄 내음을 섬세하게 가꾸는데 고요 속의 고요로 오감(五感)을 비워야 들을 수 있는 소리였다.

올봄 섬진강변은 늦도록 서리 바람이 점령하고 있어서 이른 봄꽃 피우기를 미루고 미루어서 예정했던 날보다 열흘쯤 뒤에 피기 시작하였다고 한다.

지금은 날씨가 풀려서 개나리꽃도 조금씩 꽃 입을 열기 시작하는데 강변에는 아직도 낯선 봄바람이 설치고 있어 올해도 작년처럼 이상기후라고 한다.

하지만 천기(天氣)가 봄을 시샘하여 약간은 늦출 수는 있겠지만 오는 봄을 어떻게 막을 수가 있는가!

찬바람을 앞세워 세게 막아서도 봄기운은 지름길로 달려와 꽃향기를 뿌리며 등장하니 말이다.

강변은 산 중턱까지 매화꽃 소식을 수채화 분위기로 한아름씩 전하여 겨울의 쓸쓸한 흔적을 지우며 삼월의 모습을 다듬어 가고 있었다.

흑룡마을 집들(먹점골 아랫마을) 울안과 담장 너머 주변과 산에는 매화꽃이 활짝 피어 먹점골의 매화꽃 전령사가 되어 코끝을 스치는 반가움으로 마중 나와 있었다.

지리산 높은 산자락 아득한 산마루 밑 새집처럼 자리 잡은 먹점골 난야(蘭若)[1] 자그마한 기와집 두 채가 서 있다. 마당 동쪽에서 매실 과수원으로 쑥 나아가 있는 넓은 너럭바위(盤石) 위에 차회를 열 자리가 눈에 선명하게 그려진다.

높고 파란 하늘에 흰 구름 몇 점 떠가고 그 아래 매실나무가 자유롭게 우거져 찻자리 반석 위로 올라와 있는 매화꽃 가지, 재작년 차회를 할 때 묻어 두었던 화조(花鳥) 그림 한 폭이 그려진다.

산바람에 실려 오는 매화 향기 따라 산모퉁이를 돌고 돌아 구불구불 찾아가는 길 주변에는 봄풀이 산 색시처럼 수줍게 돋아나고 있고, 가파른 언덕을 오를 때에는 개나리꽃이 꽃 입술로 등불을 밝혀 매화 향기가 오시는 길 열어 놓고 가쁜 숨을 고르고 가란다.

매실을 숙성시키어 액즙을 만드는 팜스테이 앞마당 밑으로 난 길은 푸석푸석하고 좁은 길이어서 차바퀴가 빠

지지 않을까 염려스러워 살얼음판 위를 지나가는 기분이 들었지만, 차 잔치에 사용할 짐이 많아 어찌할 수 없어 아기 걸음으로 강행하여 건너갔다.

3. 먹점골 난야

먹점골 난야 주지승은 히말라야 안나푸르나 산중으로 고행 수도를 떠난 지 여러 해가 되었다.

본채와 행랑채는 생각했던 대로 퇴락해 가고 있었으며 사람의 손길이 멀어져 매화나무는 고목이 되어 묵은 연륜을 읽게 하고 가지는 무성하게 자라 구속 없이 뻗어가 야생성 자유를 만끽하고 있었다. 작년에 맺혔던 매실은 저절로 떨어져 제 뿌리에 거름이 되어 가며 간혹 흙 속에 묻혀 싹을 틔워서 봄볕을 향하여 희망을 키워가는 어린 매실나무도 있었다.

난야 뒤쪽에는 지리산의 웅장한 맥이 뻗어 내리고 있고, 왼쪽과 오른쪽엔 궁궐 담장처럼 높게 청룡과 백호로 둘러쳐져 있고, 멀리 눈 아래 보이는 전망은 섬진강이 흘러 툭 틔여 넉넉한 풍경이 아지랑이로 다가오고 강 건너 전라도 쪽 지리산은 고성(古城)이 웅장하게 서 있는 것처럼 늘어져 있다.

까마득한 산정상 바로 아래 외딴집, 찾아오는 사람 없어 인적이 끊긴 깊은 산중 맛 그대로 적막강산이고, 주인 없는 빈 뜨락에 퇴락해 가는 집 두 채와 황무지로 변해 가는 무심하고 쓸쓸한 전경은 매화나무 숲이 말해 주고 있었다.

봄바람 따라
산굽이 더듬어 찾아가니
난야(蘭若)엔 주인이 없고
매화꽃이 손님을 반기네
매화꽃 향기로 달인 차 즐기다
내려오던 길을 뒤돌아보니
아득한 산마루
눈꽃이 피었네

4. 매화꽃 풍류차회

말라비틀어진 매실이 뒹구는 너럭바위를 쓸고 정리하여 왕골 돗자리를 펴고 본채 토방에는 낡을 대로 낡은 신발 두 켤레를 치우고 자리를 깔아 차 기구 놓을 자리를 만들어 매화꽃이 양각으로 채색된 잎차 기구 차호(차관), 찻잔, 숙우, 먹감 나무 차탁, 흰 차건, 진사(辰砂)로 구운 차호(차통), 대나무 차칙, 천목(天目:검정빛) 화병, 연녹빛 백자 접시형 향로, 음각 매화 무늬 수주, 철탕관, 바나 풍로 1벌과 유약 속에 양각 매화 무색 무늬가 새겨진 잎차 기구 1벌(위와 종류 같음)을 따로 진열하고, 대정호(大井戶)② 다완 2개(김정옥 김태한 작), 천목(天目)③ 다완(김시영 작), 분청 다완(송기진 작), 진사(辰砂)④ 다완(고성배 작), 붉은 점박이 다완(홍재표 작), 물방울 다완(조재호 작), 규알채색 다완(조재호 작), 오채색 다완(조재호 작)을 각각 1개 차반(茶盤, 박봉규 작)에 진열해 놓고 다악(茶樂) 동다송(東茶頌⑤, 박일훈 작곡 창작음악회 연주) 음악 CD를 틀어 놓았다.

천 리 길을 탓하지 않고 매화 향기 찾아온 손님 아홉

분을 먼저 다석(茶席)으로 초청하고 다시 하늘빛 닮은 아악 소리로 먹점골 골짜기에 은거(隱居)한 매화 향기를 찻자리로 초대한 뒤, 은군자(隱君子)의 지조(志操)가 녹아 있고 흰 구름 떠가는 샘물 길어다 찻물을 솔솔 달인다.

동다송 아악의 운률로 달여진 찻물은 넓게 펴진 차반 위에 배열되어 있는 매화 무늬 차호(茶壺)를 먼저 사용하였다. 포다법(泡茶法)[6]으로 체(體:眞水=찻물)와 신(神:眞茶)이 어우러지고, 찻잔에 실개천 물소리로 따르는 반야차의 연녹 빛깔, 향기, 맛을 매화꽃 향기 흐름으로 팽객(烹客)[7]에게 내고, 제2탕으로 다시 우린 진색(眞色), 진향(眞香), 진미(眞味)에 매화꽃 한 송이씩 띄워 지리산 신령님께 드리는 정성으로 내었다.

팽주(烹主)[8]가 흩어진 마음을 모아 매화 향기 띄워 낸 찻잔에 하늘빛이 담기고, 연인 사이가 아니면 나눌 수 없는 입술이 담기고, 다객(茶客)의 사랑스러운 마음이 담기고, 봄바람에 실리어 매화 향기 찾아 천 리 길을 달려온 정성스러운 차 풍류가 담기고, 한민족의 절제된 시 문학 풍류가 담겨진다.

두 번째 다법에는 일본에서 바다 건너온 옥로차(玉露茶)를 '차 향기 바람에 날리니' (박일훈 곡, 동다송 중에서) 운률로 매화꽃 무늬가 유약 속에 숨겨진 다호, 찻잔, 숙우, 차탁, 차건, 차호(차통), 차측을 배열하고 차례를 행하였다.

유유히 흐르는 섬진강물에 담긴 달을 건져 올리듯, 옥로차의 연녹 빛깔은 찾아야 보이는 흰 빛깔 매화무늬 잔에 따라져 가없이 높은 하늘빛을 담고 있다.

첫 잔은 깨달음의 길에 들어 삶 같은 삶을 살게 한 붓다님께 드리어 예(禮)를 갖추고, 두 번째 잔은 영혼 속에 나를 있게 한 부모님께 드리어 보은(報恩)하고, 세 번째 잔은 지리산의 웅장한 산신령과 먼 곳까지 아득하게 흐르는 섬진강 물신께 드리어 찻자리를 열어 준 감사의 뜻을 표하고, 네 번째 잔은 차를 만들고 차 그릇과 기구를 만든 도공들에게 드리어 차와 다기와 사람이 어우러진 아취(雅趣)[9]를 전하고, 다섯 번째 잔은 첫사랑을 눈물로 이별한 그리운 님에게 드리어 아련한 추억을 그린다.

다시 찻물을 달이어 가루차 기구를 차반 위에 배열하고 팽객들이 각자 다완을 선택하게 하고 점다법(點茶

法)⑧으로 가루차를 달여 내는 차회에는 관성, 명의, 가현, 보다 이경철, 배준경, 산경, 매원 그리고 운전하는 거사님 한 분까지 모두가 주빈(主賓)이다. 그렇지만 수술하고 회복하고 있는 관성부터 대정호에 차를 점다하여 내었다.

사월에 피어난 여린 감잎 빛깔로 차 거품을 일구어 숨을 쉬는 대정호에 담긴 차, 연녹 빛깔 진하게 하늘눈으로 돋보이는 천목 다완에 담긴 차, 태양 빛을 닮은 진사 다완에 담겨 푸른 구름 꽃으로 피어나는 차, 우유 빛깔 부드러운 거품이 일어 유백색(乳白色) 다완에 담겨서 모정(母情)을 느끼게 하는 차, 한평생을 푸르게 살다가 임종(臨終)때에도 푸른 청춘 시절을 그리며 가는 청백(靑白) 빛깔 다완에 담긴 차, 하룻날은 흐렸다가 다음날에는 맑아 있는 듯 음지와 양지가 살아 있는 큰 점박이 다완에 담긴 차, 비 오는 날 초가지붕 추녀 끝에 집시랑에 낙숫물을 그리는 물방울 다완에 담긴 차, 마알간 이슬바람으로 피어난 매화 향기가 가슴 속 지조를 흘리는 희디흰 백자다완에서 피어난 차, 찻자리에 동참(同參)한 손님들이 자기 마음과 풍류를 담아 마시고 나서, 어

떤 사람은 높고 파아란 하늘 속 구름 무리가 되어 흘러
가고, 어떤 사람은 오래전에 막혔던 체증을 쓸어내어 쾌
활하게 웃음을 짓고, 어떤 사람은 지리산 산기운을 힘차
게 타고 골수에 맺힌 병기운을 소멸시키고, 어떤 사람은
봄바람 생기운을 닮은 발그레한 화색을 얻어 가고, 어떤
사람은 옛 성현들의 글 구절을 읊조리며 수자(修者)의
시절을 그리어 가고, 어떤 사람은 섬진강변에서부터 강
바람에 부쳐 온 매화 향기 따라 육신의 흔적을 꽃잎으로
지우고 간다.

　오늘 찻자리 주인은 그들이 쏟아 내어 즐기는 풍류에
싸여 시간이 머물러 쉬어 가는 기쁨을 즐기다 해가 저물
었다.

　5. 찻자리를 거두다

　점심(點心)은 말 그대로 마음에 점만 찍으려는 정도의
준비를 했다.

　잡곡밥, 쑥국, 봄나물 반찬 너덧 가지, 마른반찬,.반주

로 마실 매실주, 식사 뒤에 황차를 마시고 나서 과일 안
주로 마실 포도주 2병, 모두가 좋은 나들이였다고 하여
준비한 사람도 퍽이나 기분이 좋았다.

 특히 가현 선생이 준비해 온 다식과 떡은 맛이 있었다.

 청송곡이 대금 연주 음률이 흐르는데 황차의 구수한 맛
이 목을 타고 내려가고, 글라스에 붉게 담겨진 와인 잔
을 석양 빛을 받아 기울일 때에는 세상 그 어느 즐거움
보다도 오늘 우리의 하루 낮의 즐거움이 크게 느껴졌다.

 찻자리가 끝나고 누구는 매화꽃을 따고, 누구는 명상에
잠겨 오늘 즐거움을 되씹어 보고, 누구는 사진 찍기에
바쁘고, 누구는 풀어헤친 차 기구 짐을 싸느라 여념이
없었다. 아쉬움이 남는 건 오늘 차회에 참석하지 못한 친
한 친구에게 사진과 말로만 전할 수 밖에 없는 것이었다.

① 난야(蘭若) : 고대 인도에서 불교 사찰을 부르는 말.

② 대정호(大井戶) : 조선 초기에 제작된 막사발. 일본에 건너가 최고의 다완(茶碗)으로 받들어졌다.

③ 천목(天目) : 검정 유약으로 구운 흑자기(黑磁器). 옛날에 중국 절강성 천목산(天目山)에서 흑자기를 많이 생산했는데 일본에 수입되어 천목 자기로 이름 지어졌다.

④ 진사(辰砂) : 수은과 유황의 화합물로 진홍색을 띄는 광석의 한 가지. 잘게 부수어 자기에 채색을 입힌 것을 말함.

⑤ 동다송(東茶頌) : 차의 성인(茶聖) 초의 선사가 1837(정유년)에 지은 차 시문학. 다도의 성전(聖典)으로 여김.

⑥ 포다법(泡茶法) : 녹차잎을 차관에 넣고 달인 물을 붓고 우려서 마시는 다법(茶法)이다.

⑦ 팽객(烹客) : 차를 마시러 온 손님을 일컫는 말.

⑧ 팽주(烹主) : 차를 달이는 주인을 일컫는 말.

⑨ 아취(雅趣) : 다도의 풍류적 운치로 차의 빛깔, 향기, 맛을 즐기는 풍류를 일컫는 말.

⑩ 점다법(點茶法) : 다완에 가루차를 떨어뜨려 달인 물을 붓고 차선(茶筅)으로 격불(擊拂)하여 마시는 다법이다.

차나무 장송곡

간밤에 산비(山雨)가 내려
오랜만에 묵은 때를 씻어내고
이른 아침 일어난 새소리는
수컷은 암컷을 쫓아 줄달음질 치고
봄싹은 이쁜 맵시를 내어 나들이 채비를 하고
산 색시 걸음으로 문밖을 기웃거립니다

오월은 초록으로 희망을 부르는데
붉은 빛깔로 굳은 차나무는 문을 닫아걸고
석양빛에 기대어 눈물 지우며
밤새, 소쩍새 소리만 가슴에 담아
서천(西天)으로 저물어 간 동지들에게
서러운 편지를 띄워 전합니다

지난 겨울 추위와 매섭게 싸우다
차나무 백만 군사가 붉은 무덤으로 누워
장송곡이 가녀리게 통곡으로 이어져
눈물 흐르는 가슴팍에 골이 패입니다

지난 세월 동안 보여 주었던 푸른 잎 기상을
황혼 빛깔로 멍든 차나무 앞에 아뢰우고
짙푸른 그리움을 제석천(帝釋天)①에 펴서
넘어진 땅 딛고 일어서는 희망의 날을 그리며
차 한 잔에 아픈 마음 담아
제전(祭典)②에 올립니다.

① 제석천(帝釋天) : 도리천상의 천왕(天王), 인도말로 인드라신
  이라고 하며 만물을 창조한 신으로 여김.
② 제전(祭典) : 제사 의식. 모든 제사나 축제 행사는 제천제(祭天
  制) 의식에서 시작되었다.

차나무에 드리는 제문

오! 초목 가운데 늘 푸른 남국의 상서로운 마음으로 만인(萬人)의 덕목(德目)이 되어 군자(君子)로 불리운 님이시여!

빛깔, 향기, 맛으로 온갖 병마(病魔)를 다스린 대의왕의 첫자리에 앉으신 님이시여!

지난 겨울에 찾아온 혹독한 추위는 차나무가 이 땅에 뿌리 내려온 이래 처음으로 닥친 큰 재앙이었습니다.

찬 겨울 눈서리 바람이 뼛속까지 스미는 고통을 불굴의 의지로 견디어 내며, 남국에 제일 강한 전사(戰士)로 나서서 그 매섭게 때리는 칼바람 추위를 북쪽 멀리 물리칠 때, 많은 동지들이 심한 부상을 입고 반 토막으로 잘리는 신음소리가 드넓은 차밭을 덮고, 장렬하게 전사한 전우들의 붉은 무덤은 통곡소리로 산과 들녘에 누워, 제석천(帝釋天)에게 부고(訃告)를 전한지 반년이 되어 갑니다.

우리는 그동안 님이 베풀어 준 은덕에는 무심하고 차

싹 수확이 줄어드는 것에만 애를 태우면서도 님이 처절한 아픔을 앓고 누운 것에 애도(哀悼)하는 태도가 인색하였습니다.

 님이 인류사회에 베풀어 주신 은혜는 하늘에 닿고 사해(四海)에 넘칩니다.

 신농씨는 님이 모든 식물 가운데 기이한 특성을 지닌 것을 알아차리고 본초(本草)의 맨 첫자리에 기록하였으며, 주공 단 선생과 공자님은 님이 지니신 품성(品性)이 성인에게 닿아 있는 것을 알아차리고 모든 제천 의식과 제사상에 존귀한 제수물(祭需物)로 선택하여 상차림을 하라 일렀으며, 석가세존은 졸음을 쫓고 정신을 맑게 하는 삼매수(三昧水)로 마시어 생노병사에서 해탈(解脫)하는 일등공신으로 여기었으며, 선도(仙道)에서는 신선의 경지에 도달하게 하는 신물(神物)로 삼았으며, 중정(中正)의 도(道)를 밟아서 다도를 편 왕족들은 왕도정치(王道政治)를 널리 펴고, 반가(班家)에서는 군자의 덕목을 완성시키고, 서민 대중들은 모진 병을 치료하고 귀한 손님을 대접하는 영약(靈藥)으로 모시었으며, 차상가 (茶商家)에서는 기업을 크게 일으키고 가사(家事)를 번영시키는 자산으로 여기어 왔습니다.

님의 빛나는 성품과 공덕을 어찌 말과 글로 표현할 수 있으리!

오늘 님의 참혹한 상처 앞에 차를 달여 올리는 큰절로 오천 년 동안 인류에게 베풀어 주신 지혜로운 가르침과 아름다운 덕목을 기리며 은혜에 보답하는 마음을 부족한 정성으로 표합니다.

찬탄송

초목 가운데 가장 무성한 늘 푸르름으로
작설차를 만들어 다도를 펴서
지혜와 예절과 지조와 보건을 높이 세워
왕실에는 법도를, 선비에게는 덕목을,
서민에게는 영약을 가르치고
종교에는 높은 철학과 예도(禮道)를 읽게 하여
인류의 도리(道理)로 문화를 열게 했으니
님의 공적은 하늘 높이 치솟고
큰 바다로 펼쳐지네.

(분향헌다하고 절을 올립니다)

2011년 겨울 추위가 매서워 반야다원 장삼골 차밭 차나무와 전국
  의 차밭 차나무가 70% 얼어죽고 수확은 90% 줄었다.

그대가 그리울 때

그대가 그리울 때에는
차 꽃향기 안고 가는 마알간 바람으로 수를 놓아
노랠 지어 부르오리다

어쩌다 슬픔에 잠겨
그리움으로 자란 여린 새싹을 앗아가
사랑의 숲이 보이지 않으면
추억 속에 넣어 둔 보석을 하나씩 꺼내어
희망으로 걸어 놓고
가파른 산길 험한 가시밭길도 버리지 않겠나이다

눈을 감아도 그 하늘이 보이고
눈을 떠도 그 시절 그 자리에
사랑이 머물고 있는데
세월은 물 따라 바람에 흘러 초로(初老)에 앉아
마음은 무심하게 어린 시절로 돌아가서

논두렁 밭두렁에 뛰어노는
흔적 하나 건져 화두처럼 걸어 놓고
꿈속에서 안아 본 그대의 빛으로
서러운 눈물을 씻어내어
밝은 햇볕에 심어 놓습니다

행여 방황하는 날이 찾아와
지친 몸이 거친 파도 위에 두려움으로 서있을 때에는
그물에 걸리지 않는 사랑으로 등댓불을 켜서
고뇌하는 끈에 이어진 기쁨의 길을 밝혀 드리렵니다

그대가 온몸으로 사무치게 그리울 때에는
내 하나의 울안에 빗장을 걸고
세월의 풍상에 너덜거리는 일기장에서
연녹빛 찻잔에서 흘리는 사연을 한 올 한 올 사리어
첫정으로 촛불을 밝혀 쓴 초록 편지
산 이슬로 씻은 우편으로 띄워 드리오리다.

마음에 차 싹이 하나 돋게 하는 茶詩들

정찬주

얼마 전에 보성 반야다원에서 차나무를 직접 기르고 차를 덖는 다승(茶僧) 선혜 스님께서 내 산방 이불재를 다녀갔다. 스님께서 고맙게도 작년과 같이 올해 덖은 햇차와 황차 등 10여 통을 선물하시고 간 것이다.

차를 선물하신 것이 아니라 스님의 따뜻한 마음을 내 산방에 놓고 가신 느낌이다. 스님이 손수 덖은 반야차의 다신(茶神)을 접할 때마다 오롯하게 전해지는 것은 스님의 마음이다. 특히 올해는 남다르다. 지난해 겨울의 동해(凍害)로 차나무들이 붉게 고사한 탓이다.

스님은 죽은 차나무들을 위해 천도재를 지내 주었다고 한다. 출가 이후 평생을 차와 일심동체가 되어 살았으므로 스님의 상심이 얼마나 깊었는지 나는 이해할 수 있었다. 오랜 차 역사에 있어서 죽은 차나무를 위해 재를 지낸 사실은 아마도 전무후무한 일이 아닐까 싶다. 〈차나무에 드리는 제문〉 중에서 기억나는 대목만 옮겨 보자면 다음과 같다.

'우리는 그동안 님이 베풀어 준 은덕에는 무심하고 차 싹 수

확이 줄어드는 것에만 애를 태우면서도 님이 처절한 아픔을 앓고 누운 것에 애도(哀悼)하는 태도가 인색하였습니다.'

　'님의 빛나는 성품과 공덕을 어찌 말과 글로 표현할 수 있으리! 오늘 님의 참혹한 상처 앞에 차를 달여 올리는 큰절로 오천 년 동안 인류에게 베풀어 주신 지혜로운 가르침과 아름다운 덕목을 기리며 은혜에 보답하는 마음을 부족한 정성으로 표합니다.'

　스님은 차나무를 무슨 말로도 번역(飜譯)이 불가능한 '님'으로 부르고 있다. 차는 스님에게 신성한 가르침의 은유이자, 삶을 온전하게 하는 그 무엇인 것도 같다. 그러고 보니 스님이 차(茶)를 소재로 시를 읊조리고 다시집(茶詩集)을 내게 된 일이 지극히 자연스럽고 당연하게 받아들여진다.

　나는 스님의 다시집 〈차인의 향기〉를 정독하는 동안 맑고 향기로운 다신(茶神)이 내 영혼을 정화하는 정복(淨福)에 사로잡혔다. 스님의 다시(茶詩) 한 편 한 편은 청향(淸香)의 차 한 잔과 같았던 것이다.

산골
찬 냇물 소리
앙상한 가지 흔들어 깨우고

봄볕은
창 너머 눈밭
매화나무 가지에 피어나고

북녘으로 떠나는 손님
차 한 잔 건네주며
시린 마음 녹이네.

물러가는 겨울바람에게 차 한 잔을 건네주는 스님의 마음이
잘 드러난 〈이른 봄〉이란 시다. 세상의 모든 것을, 자신을 힘
들게 하고 시리게 한 것까지도 자애롭게 보듬는 수행자의 마
음이 아니라면 시적으로 형상화할 수 없는 절창이라는 생각이
든다. 이럴 때 스님의 차 한 잔은 관세음보살과 보현보살의 보
살행으로 승화되는 느낌이다.

산 계곡
으슥한 구비 찾아

찬바람 녹여 온 볕
지난해 감추어 둔
차 한 봉지 꺼내어
솔솔 달이는 차 향기로
봄볕 토닥거리어
여린 싹 하나 피웠다.

〈봄볕 1〉이란 시인데, '솔솔 달이는 차 향기로 / 봄볕 토닥거리어 / 여린 싹 하나 피웠다' 라는 시를 두런두런 소리 내어 읽는 것만으로도 내 마음에 차 싹이 하나 돋는 감흥이 인다. 이처럼 맑은 시를 감상할 때마다 나는 행복해진다. 차 한 잔의 향기가 여린 싹이란 소우주를 생성하는 기적을 나도 시인처럼 덩달아 체험하는 것이다. 이런 감흥이야말로 시의 진정한 힘이 아닐까.

목련꽃 향내
온몸으로 감겨 오는 아침
산천수(山泉水)로 다듬은
청취 빛깔 반야차
한 잔은 차(茶) 고픈 마음에 드리고
또 한 잔은 흰 구름 흘러가는 길목에

천선(天仙)에게 띄워 보내고
또 한 잔은
천 개의 손(千手)을 내민
목련꽃에게도 건네주고…….

〈독다(獨茶) 2〉의 시가 내 눈길을 사로잡는 까닭은 목련꽃이
천수천안의 관세음보살로 의인화되고 있기 때문이다. 스님의
차는 하늘과 지상의 초월적인 신앙의 존재들과 소통과 교감의
징검다리가 되고 있다. 스님의 차는 단순히 오감을 즐겁게 하
는 기호식품의 차원이 아닌 정신과 영혼의 번지수 안으로 들
어섰다는 방증이기도 한 것이다.

봄바람 따라
산 굽이 더듬어 찾아가니
난야엔 주인이 없고
매화꽃이 손님을 반기네
매화꽃 향기로 달인 차 즐기다
내려오던 길을 뒤돌아보니
아득한 산마루
눈꽃이 피었네.

내가 〈먹점골 차회〉라는 이 시를 좋아하는 이유는 선혜 스님이 시를 읊조리는 차회(茶會)의 현장에 있었던 까닭이다. 봄나들이(踏靑)를 나가 차를 마시는 동안 돌아가면서 원하는 사람에 따라 시를 짓거나 감상하거나 시평(詩評)을 하는 자리가 차회인데, 옛 선비나 고승들이 즐겼던 낭만의 자리이겠거니 하고 까맣게 잊고 있었던 차에 선혜 스님의 초대로 하동 먹점골 매화나무 밭으로 가 차회의 재현을 보았던 것이다.

스님은 '매화 향기로 달인 차' 라고 표현하고 있는데, 이는 전혀 과장이 아니었다. 매화 향기가 옷에도 묻어 나비가 너울너울 따라올 정도였던 것이다. 낭만이 사라져 가는 삭막한 우리 시대에 차회는 우리의 영혼을 적시는 단비와도 같은 자리가 될 수 있으므로 앞으로도 계속 되살리고 이어 나가야 할 정신 문화유산이 아닐까 싶다.

스님의 시작(詩作) 태도는 작위적이지 않아서 정감이 더하는 것 같다. 바이올린의 선율이 흐르는 차 덖는 날에는 수행자이지만 술을 한 잔 하는 파격이 있고, 수행자답게 무위(無爲)를 지향하는 경지에서 까탈스럽게 다듬고 추리지 않고 거친 시어(詩語)는 거친 대로, 시흥이 넘치면 넘치는 대로 천진하게 시심을 드러내어 미소를 짓게 한다.

〈차인의 향기〉 마지막 페이지를 접으면서 문득 스치는 것이 하나 있다. 수많은 시집의 범람 속에서 이 시집만의 가치라 할까, 의의라 할까. 문득 소중한 무엇이 감지되는 것이다. 북두칠성의 국자로 은하수를 길어서 밤 차를 마시고 싶어 했던 다승 진각국사의 〈무의자(無衣子) 시집〉 이래 낮에는 차 한잔하고 밤에는 잠 한숨 한다는 서산대사와 차 마시며 어찌 진리를 이룰 날이 멀다고 하는가! 하고 경책한 초의선사의 다시(茶詩) 계보를 잇는 이만큼 알찬 분량의 다시집(茶詩集)을 본 일이 없는 것이다. 이러한 다시전통(茶詩傳統)을 계승하는 것만으로도 저잣거리 평단의 저울질을 떠나 〈차인의 향기〉는 보통 사람들 손에 쥐어져 축복 받기에 충분한 이유가 있지 않을까 믿어진다.

특히, 차인들의 살림살이에 서정의 물기와 정신의 격조를 높이는데 일조할 것이라는 기대에서 차인들이 이 시집에 실린 다시(茶詩)들을 영혼의 양식처럼 일용하고 애송했으면 좋겠다. 차인이 아니라도 인생이 힘들고 삶의 무게가 버거운 이들에게 차 한 잔 마시듯 마음의 평안과 행복을 위해 이 시집 〈차인의 향기〉에 온몸을 적셔 보기를 권하고 싶다.

정찬주(소설가) 합장

도반의 詩 003

차인(茶人)의 향기

1판 1쇄 발행   2012년 7월 10일

지은이   석선혜

펴낸곳   도서출판 도반
펴낸이   이상미
편집장   김광호
편집팀   고은미, 박정미
대표전화   02-885-1285
이메일   doban@godstoy.co.kr
주 소   서울특별시 관악구 낙성대로 24 (낙성대동 1625-16번지) 2층

ISBN   978-89-97270-03-3
책값은 뒤표지에 있습니다.